Esté libro ésta dédicado:
A todas las familias qué cuidan dé sérés quéridos
con nécésidadés éspécialés.
A nuéstros sérés quéridos con nécésidadés
éspécialés. Erés una béndición én nuéstras vidas.

LA MARAVILLOSA MEGHAN
NUESTRA HERMANA MAYOR

Por

Neeyo H. Ouelega

Seti A. Ouelega

&

Sylvie Nguena Ouelega, M.Ed. - BCBA

EDITADO POR VICTORIA ANDRE KING

ILUSTRADO POR RAJPAL SINGH UBHI

TRADUCIDO POR CONI NEPOMUCENO

Y DR. GERMAIN METANMO

¡Conozca a Meghan, Neeyo y Seti!

Tener hermanos o hermanas puede ser muy divertido. No importa qué tipo de familia tengas, la vida familiar siempre es interesante.

A veces, sin embargo, también puede ser un desafío. ¡La vida con nuestra hermana mayor Meghan es todas esas cosas y mucho más! Para algunas personas, Meghan puede parecer misteriosa, tiene un trastorno del espectro autista, es decir, TEA para abreviar. Ella vive las cosas de manera diferente a la mayoría de las personas, pero para nosotros ella siempre es una maravilla.

¡Acompáñenos y conoce a la maravillosa Meghan, nuestra hermana mayor!

Meghan es nuestra hermana mayor. Ella es muy alta, con cabello negro rizado.

¡Meghan es agradable, alegre y tiene mucha energía! Le gusta reír, dar vueltas y correr, correr, correr.

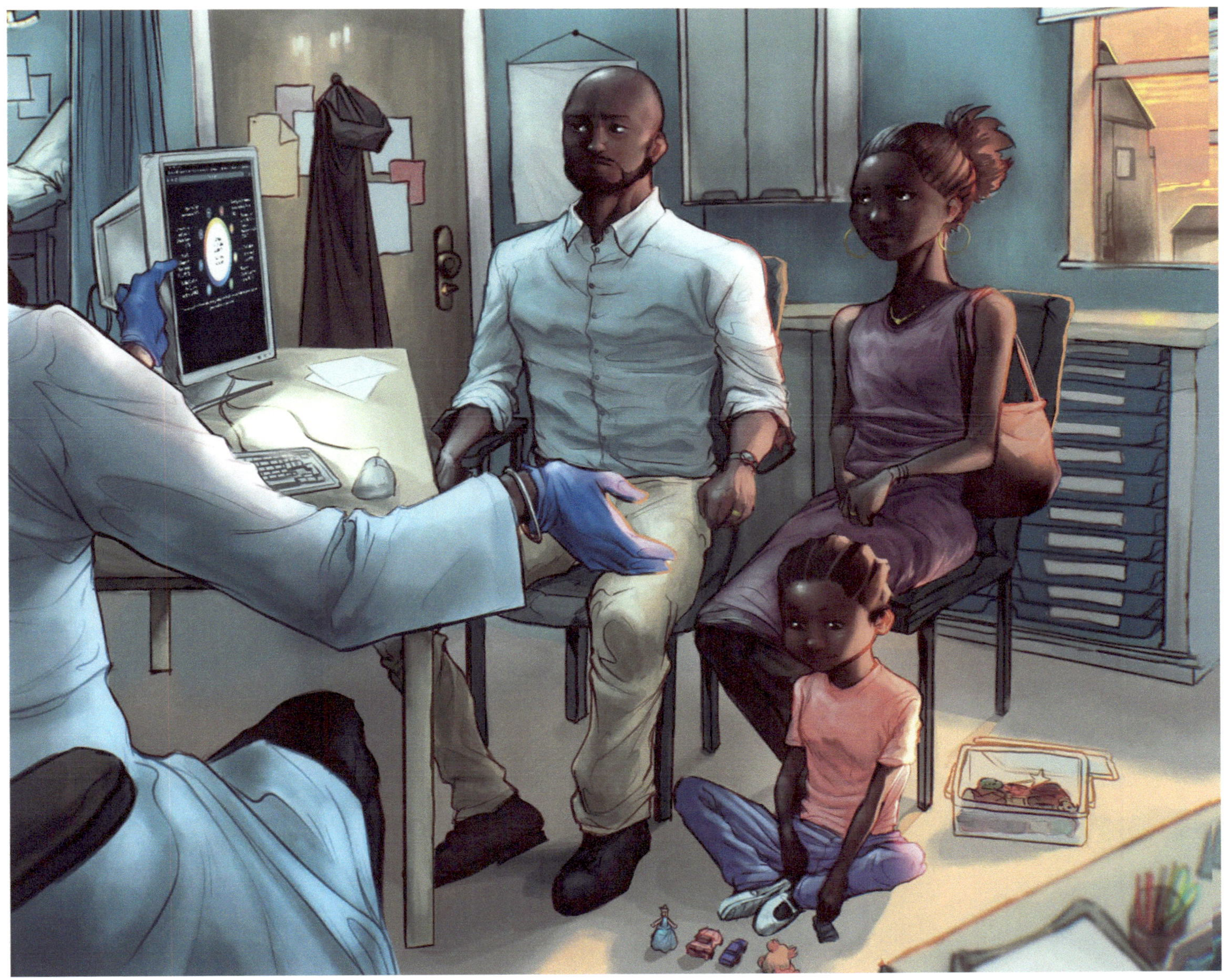

Meghan tiene autismo. Fue diagnosticada cuando tenía cuatro años. El autismo es un trastorno cerebral que hace que las personas piensen y actúen de una manera diferente a la esperada.

A veces a la gente no le gusta jugar y hablar con los demás. Quizás sólo quieran hacer una cosa. Esto es común para muchas personas con autismo y para otras personas también.

El cerebro de Meghan es especial, funciona de manera diferente. Ella ve y hace las cosas de una manera que otras personas tal vez no puedan hacerlo.

También hay cosas que ella no puede hacer sin ayuda, cosas que pueden parecer fáciles para ti o para nosotros. Meghan tiene diferentes habilidades.

A veces, las personas con autismo tienen superpoderes. Pueden hacer cosas una y otra vez, sin cansarse.

A Meghan le gusta balancearse, agitar las manos y, sobre todo, saltar cuando está emocionada. Puede saltar durante horas sin parar.

¡Meghan salta en todos los lados que pueda! A ella le gusta saltar sobre su cama…

... ¡y a veces en el sofá!

Entonces un año, para su cumpleaños, Meghan recibió como regalo un gran trampolín. Ella pasa horas saltando en él hasta que esté demasiado cansada para saltar en los muebles.

Aunque ella no juega juegos con nosotras...

Meghan nos deja saltar en su trampolín con ella.

Tenemos un parque de juegos justo al lado de nuestra casa. A Meghan le encanta balancearse en los columpios, subirse a las barras...

… y deslizarse por los toboganes. ¡Meghan siempre quiere jugar en el parque de juegos!

Meghan ha ido al parque de juegos sin que nadie lo supiera antes, por eso ahora tenemos candados especiales en nuestras puertas. Ella solo puede ir con una persona mayor como nuestra mamá o nuestro papá.

Meghan aprende de manera diferente que nosotros. Ella necesita mucha ayuda y práctica. Ella aprende a su propio ritmo cuando tiene lecciones en casa…

… o en la escüela. Meghan no tiene las mismas clases qüe otros niños de sü edad. Tiene profesores especializados para ayüdarla a aprender cosas nüevas. También cüenta con ayüdantes especiales para todas süs necesidades.

Meghan tiene diferentes fomas de decirnos lo que necesita. Ella puede usar lenguaje de señas, señalar cosas o llevarnos de la mano hacia lo que ella quiere.

A veces, Meghan usa su tableta de voz para decirnos cosas. También está aprendiendo a decir algunas palabras como "cereal", "agua" y "televisión".

Cuando Meghan está feliz, tiene una gran sonrisa. A menudo corre por la casa riéndose a carcajadas. Ella nos toma de la mano y gira con nosotros.

Cuando se siente frustrada, Meghan se muerde la camisa y llora. También puede golpearse la cabeza contra la pared si está realmente molesta. Si nos acercamos demasiado a ella cuando no se siente bien, podría lastimarnos.

A Meghan le gusta comer muchas diferentes comidas al igual que a nosotros. A ella le gustan más los cereales, papas a la francesa, las papas fritas y los plátanos.

Meghan es MUY feliz cuando ha comido bien…

Cuando ha terminado de comer, va y se acuesta en su cama.

Cuando llega la hora de dormir, a Meghan le gusta que alguien duerma con ella. Cuando está sola en la cama, le gusta dormir con sus juguetes a su lado.

En nuestra casa, para asegurarnos de que Meghan coma sólo lo que le dan, el refrigerador y los gabinetes de alimentos están todos cerrados con llave.

Si nos olvidamos de cerrar con llave el refrigerador y los gabinetes de alimentos, Meghan se comerá toda la comida que pueda encontrar.

¡A Meghan no le gusta que la abracen ni la besen, ni siquiera su abuela!

Pero se ríe en tu cara cuando está feliz.

A Meghan le gusta escuchar música y jugar con cualquier juguete que haga música. Su canción favorita es la del osito de goma.

Siempre amaremos a Meghan. Siempre estaremos ahí cuando ella nos necesite. Ella es diferente, pero para nosotros ella es Lewu'h, nuestra bendición, nuestra única hermana mayor.

SOBRE LAS AUTORAS

Él miembro más joven del equipo de redacción, Neeyo H. Ouelega, nació en Iowa después de que a Meghan le diagnosticaran autismo. Le gusta pintar, leer, dibujar, tocar el piano y nadar. Le gusta ir al parque y a la piscina con Meghan. Neeyo crea conciencia sobre el autismo en su escuela al hablar sobre su hermana mayor. Élla también hace presentaciones sobre el autismo durante la Concientización del Autismo.

Seti A. Ouelega nació en Texas cuando Meghan tenía casi 2 años. A Seti le gusta leer, tocar el piano y una multitud de deportes, aunque los eventos de atletismo son sus favoritos. Seti está interesada en estudiar el cerebro y la genética cuando vaya a la universidad. Quiere dedicar sus estudios a comprender mejor a Meghan y a otras personas como ella. Desde temprana edad, Seti entendió que Meghan era diferente a los hermanos mayores de sus amigas. Meghan no jugaba ni cuidaba de Seti como lo hacían las hermanas mayores de sus amigas. Haciendo caso omiso de la incapacidad de Meghan para jugar y cuidarla, ella descubrió múltiples formas de amar a Meghan tal como es. A Seti le gusta pasar tiempo con Meghan y enseñarle cosas nuevas a su hermana mayor.

Sylvie Nguena Ouelega, es analista de comportamiento certificada por la junta. Dejó una carrera como contadora pública certificada en un importante banco comercial para comprender y apoyar mejor a su primera hija, Meghan. Ésa búsqueda llevó a Sylvie a completar su segunda maestría en educación especial en la Universidad George Mason. Actualmente trabaja como analista de conducta en una organización sin fines de lucro que apoya a las personas con discapacidades del desarrollo. Sylvie ha entrenado a muchos profesionales y familiares que trabajan con personas con discapacidad. Élla asistió a conferencias, seminarios y ha participado en actividades de concientización sobre el autismo a nivel local e internacional, compartiendo su experiencia como profesional y como madre de una niña con autismo. A ella le alegra pasar tiempo con su familia, caminar por el bosque, y viajar por todo el mundo para crear conciencia sobre el autismo y ayudar a mejorar la vida de las personas diagnosticadas con autismo y otros trastornos relacionados.

¡Pronto habrá más aventuras con Meghan y su familia!